환한 꽃의 상처

환한 꽃의 상처

유진택 시집

詩와에세이

2006

차례__

제1부

제2부

제3부

제4부

제1부

칠월 땡볕의 고추

펄펄 끓는 여름
칠월의 땡볕에 고추는 익어가고 있었다
통통한 몸집 속에 무엇이 들었는지,
고추 한 개 뚝 따서 깨물면
맵고 독한 맛에 눈물이 그렁해진다
이 세상이 이렇게 변했던가
사방팔방 허공을 찌르는 주먹들,
속 쓰리고 매운 것들이 고추 속에 잔뜩 들어가 있다
저 고추 빨갛게 익으면 맵고 독한 성질 풀어질까
속이 훤히 들여다보이는 투명 살갗 속에서
달가닥거리며 즐거워하는
노란 고주씨앗들의 노랫소리 들을 수 있을까
칠월 땡볕 퍼붓는 날,
밭머리 하얗게 일어서는 억새꽃 속에서
빨갛게 온 몸 익어가는 고추들,
보리밥에 쑥갓, 김치 쓱쓱 비벼
어머니가 키운 독하고 매운 고추 원 없이 맛보고 싶다

환한 꽃의 상처

가녀린 가지의 꽃망울을 한 줌 훑었다
나무들의 자세가 더 꼿꼿해진다
허락도 없이 훑어가는
내 손길을 쏘아보며
꽃들은 바닥에 떨어져 혈서로 저항한다
꽃망울이 맨살을 뚫고 나올 때의 고통을 아는가
설움에 겨운 여인처럼
나무가 소리 없이 우는 걸 보았다
고통이 너무 커
차라리 속울음으로만 물결지는 나무의 눈물,
새벽 이슬이 푸르른 잎 적시며
텅 빈 가지를 쓰다듬는다
방금 꽃망울 떨어진 나뭇가지를 따라
생긴 상처, 오늘따라 더 환하다

오리나무 지겟작대기

오리나무로 깎아 만든
지겟작대기 힘이 있었다
양무릎으로 구부리면 뚝 하고 부러질 것 같은 나무
아버지를 일으켜 세웠다
지게 위에 집채만한 꼴을 얹어 불끈 일어서는 아버지,
칠순 나이에도 보이지 않는 힘이 있었다
그것은 아버지의 힘이 아니었다
약골인 아버지를 대신해
한쪽 무릎을 대신한 지겟작대기였다
지게를 일으켜 세울 때
아버지는 언제나 한쪽 무릎을 사용했다
땅에다 말뚝을 박는 힘으로
지겟작대기는 힘없는 무릎을 불끈 일으켜 세웠다
집채만한 꼴짐의 그늘이
무성하게 잎을 풀어헤친 오리나무처럼
땡볕 속을 한나절 걸어가고 있었다

콩들의 분노

마당에 깔린 콩들이
따가운 햇살에 묶여 자글자글 익어갔다
물기 촉촉한 껍질들, 이내 마르고
가끔씩 팅팅 뱃살 튕기는 소리를 냈다
고추잠자리 놀라 허공으로 흩어지고
온 하늘 폭죽놀이 하듯 빙빙 돌았다
아버지는 도리깨로 퍽퍽 콩을 털었다
여름 한철 햇살에 들볶이고
잡풀에 치였던 분통이 터지듯
콩들은 탁탁 뱃가죽을 터뜨렸다
마당 전체가 튀어 오른 콩들로 가득했다
그 틈에 햇살도 손을 내밀어
내장이 터진 콩깍지들을 부드럽게 어루만졌다

섣달 아침

1967년 어느 겨울

문고리를 잡자 쩍하고 손바닥이 달라붙는다
수천 볼트의 고압전류가 흐른다
방과 마루 사이, 문턱은 휴전선보다 더 위험하다
나는 하루에도
저 위험한 문턱을 수없이 드나들었다
처마에는 고드름 창날처럼 번득이고
담장엔 하얀 눈꽃들이 조화처럼 어지럽다
까닥 잘못하면 온몸 까맣게 타버릴 것 같은 아침
정신없이 몰아치는 바람은
장송곡처럼 외딴 초가집을 한바탕 휘돌다 간다

안개가 휩쓸고 간 자리

새벽 산길은 흐느끼는 눈물뿐이었다
싸리나무에 맺힌 이슬방울 줄줄이 떨어졌다
더러는 자귀나무 밑 부엽토로 스며 눕거나
따끈한 꽃이 피워 무는 안개에 스며 흐느꼈다
내 신발이 쓸고 가는 길마다
저렇듯 나무들은 쓸쓸히 눈물을 뿌리나니
마침 쳐다보는 저편 하늘조차 울컥 뜨거워졌다
고개 넘어 점점 후끈한 햇살 퍼져 올라
땅위에 떨고 있는 모든 것들을 감싸 쥐었다
그 바람에 싸리나무는 눈물을 거두었다
자잘한 이파리 톡톡, 자줏빛 꽃망울 살래살래 흔들며
환한 대낮 맞을 준비를 했다

곶감

곶감은 서늘한 그늘 속에서 더 잘 말라간다. 얇게 벗겨
낸 껍질들은 장독대 따가운 햇살 속에서 말라가고, 곶감은
꼬들거리는 제 껍질을 보며 말라간다. 질긴 노끈에 곶감을
달아 서까래 아래 매달면 곶감은 철 늦은 가을 늦게 핀 꽃
처럼 노랗고, 서까래 주위도 환해진다. 세월이 약이듯, 몇
달 지나면 쫀득쫀득해진 곶감에선 분가루 하얗게 묻어나
고 막 태어난 흑인 아이의 불알처럼 쪼글쪼글 변해간다

대밭에 새소리 들끓는 이유

대나무 밑동 아래 흙을 깊이 파보면
분명 펌프 한 대 돌고 있을 게다

사시사철 꺼질 줄 모르는 펌프가
대나무 가지를 따라 잎새와 잎새 사이를 돌고 돌을 게다

복잡한 실핏줄처럼 얽힌 잎맥을 따라
펌프는 푸른 물을 꼭대기까지 아낌없이 품어 올릴 게다

지나가는 바람 한 줄에
몸 부비는 잎새들의 소리

새 소린가 귀를 쫑긋 세우면
잎새와 잎새들
손가락처럼 길게 잎을 오무려
아름다운 새소리를 내는 것이다

대밭에 새소리 들끓는 이유는
바로 대나무 밑동 아래 깊이 묻힌
땅속 펌프가 퍼 올린 물줄기 때문이다

달빛에 젖은 개구리 알 1

개구리 알 축축하게 벼포기 사이 머물러 있을 때 봄 향기 섞인 엷은 바람 논두렁을 타고 온다. 그때마다 논두렁 풀들이 신나게 춤을 춘다. 달이 높이를 가늠할 수 없는 아득한 허공에서 반죽 같은 빛줄기를 하얗게 뿜을 때 무성한 벼포기들이 술렁거린다. 개구리들이 서로 사랑의 밀어를 속삭이는 것이다. 하얀 달빛에 잠든 논두렁 풀들이 내 마음속에 더 포근한 고요를 안겨주었다. 이제 저 개구리 알들도 곧 깨어날 것이다. 봄바람이 던져주는 사랑의 설레임과 개구리들이 토해내는 사랑의 밀어를 타고 알들은 점점 더 부풀어 오를 것이다. 부풀어 오를수록 안개 더 두터워지고 논두렁에 핀 들꽃 몇 송이도 안개를 따라 사랑의 노래를 아득하게 부를 것이다.

옥수수

옥수수는 몇 겹 잎사귀 속에 싸여 있다
그만큼 옥수수 알이 귀하고 소중하기 때문이다
천한 것은 남의 눈에 잘 띄어 운명 또한 슬프지만
옥수수는 몇 겹 잎에 싸여 뽀얀 살결을 드러낸다
햇빛 보지 않아 속살 연하고
햇바람 막아 속살 보숭하지만
옥수수는 맨땅 위에 대를 세워 그 위풍을 자랑한다
서로 잎이 부딪히면 바람소리가 나고
낫으로 자르면 한아름 땔감이 되어주는데
옥수수는 하늘 높은 줄 모르고 위용있게 산다
누런 수염 축 늘어진 옥수수를 따서
겹겹이 두루 잎사귀를 벗기면
그 속에서 가을이 구수하게 익어가는 냄새가 난다

팽나무의 입적

성난 물결에 씻겨나간 마을에서
팽나무 하나를 보는 일은 슬픈 일이다
묵은 낙엽 미련없이 탈탈 떨어내면
검은 수의를 입은 새떼들이 하늘을 빙 둘러 선회한다
그러다가 팽나무 불쌍하다고 가끔은 끼룩거린다
목 내놓고 어푸어푸 물 헤젓던 팽나무 가슴에는
온갖 잡다한 쓰레기들이 걸려있다
섬뜩한 세상 욕설이 묻어있다
온몸으로 튀어오르는 물길 막으며
온전히 마을을 지켰던 거목,
서서히 입적할 준비를 하신다
울퉁불퉁한 근육질에 숭숭 구멍이 뚫려
부질없는 욕심 죄다 내어 버렸다
저리도 무겁던 생 너무나 가벼웠다
팽나무는 무심코 가지를 쳐들다가 움찔 놀란다
욱신욱신 쑤시는 삭신에
세상이 서러워 웅웅 소리 높여 운다

그렇게 탑처럼 쌓은 마을의 내력은 어딜 가고
세간살이 다 뺏긴 사람들만 오종종 떨고 있다
바싹 마른 가지마다 알록달록 걸린 만장들,
근엄한 밑동 앞에 놓인 정한수가
고요히 입적하는 팽나무의 얼굴을 담고
지나가는 실바람에 파르르 떨고 있었다

분재 앞에서

살결 탱탱 감은 철삿줄 풀 수가 없다
몇 구비 감은 세월의 자국처럼
살결엔 온통 어지러운 주름뿐이다
악착스레 뿌리를 내린
공간이 저들의 영역일까
휘이휘이 푸르른 허공에 머리를 흔들어도
이곳이 마치 전생의 업보인 양
어둠뿐인 주위를 분간할 수가 없다
세월 가면 갈수록
가슴 깊이 스미는 통증,
뼈와 살이 철삿줄에 눌리고 감기어도
오직 하나 희망의 꿈 버릴 순 없다
뒤틀린 가지를 따라
희망처럼 부푼 꽃망울들,
힘줄이 터지는 고통 속에도
나무는 자잘한 꽃망울 터뜨린다

폐가

인적이 뚝 끊긴 마당을 잡풀들이 점령군처럼 에워싼다
쭈빗쭈빗 한 키를 넘는 잡풀들
바람과 구름의 열락을 꿈꾸더니
어느새 줄기 끝 통통하게 씨방이 여물었다
오랜 고난 끝에 빚은
꽃들 봐주는 이 없어 늘 쓸쓸하다
숲 속의 솔씨들도 날아오고
민들레 씨앗도 적막하게 날개를 접었다
대문이 없어 우렁우렁 우는 벌레들,
밤이 오면 숲 속에 더 깊이 숨어든다
한쪽 발목 깊숙이 빠지는 안개 물결 속으로
연두빛 개구리 한 놈 겁없이 풀썩 뛰어든다

새들의 메시지

전봇대만큼 제 고통을 속으로 이겨내는 것도 없다
몇만 볼트의 변압기를 어깨에 지고도
침묵으로 서 있는 전봇대,
폭풍우에 속절없이 닳고 닳아도
전봇대는 아프다 말하는 법 없다
고통보다 더 뼈저린 전압에
살이 쩍쩍 달라붙어도
전봇대는 밝고 환한 희망 버리지 못한다
집안 구석구석 웃음꽃 던져주듯
백열구로 환한 불꽃을 보내면
도열한 전봇대의 전선따라
새들이 한 줄로 앉아 메시지를 보낸다
뺏쫑 뺏쫑, 뺏 뺏쫑
핸드폰의 액정화면에 뜬 일곱 글자가
오늘따라 백열구의 불빛만큼 밝고 환하다

제2부

새떼들의 들녘을 보며 1

들녘의 무엇을 보았을까
새떼들이 하늘로 솟구친다
깃털 몇 개를 햇살처럼 던지고 있었다

몇 단 층계로 층층이 허공 떠돌던 먹구름이
불현듯 회오리 같은 바람을 몰아오자
들녘에 모여 있던 까마귀들도
일순간 하늘로 날아올랐다

늙은 농부가 쌓아놓은 오복한 낟가리
그 아래 까마귀들은 서로 머리를 맞대고
크으악 크으악 붓 생명의 살과 피를 쪼아대고 있었다

며칠 굶은 아귀처럼
눈을 파고 심장을 헤집던 들녘엔
이내 비명처럼 소나기 후둑후둑 몰아치고 있었다

아버지의 과일 창고

거미가 창고를 지키고 있다

아버지 떠난 텅 빈 창고,
쌓아둔 과일 상자도 없이
거미줄만 잔뜩 허공에 걸려 있다

온몸 까만 거미들,
어슬렁어슬렁 줄 타고 내려와
먼 옛날의 기억을 더듬는다

어쩌다 거미줄에 걸려 파닥이는 벌레처럼
아버지 생각 드문드문 일어나
난 하염없이 창고 속을 들여다본다

밤이나 낮이나
과일 창고를 지켰던 아버지,

그 풋풋한 미소는
과수원 한쪽 임자 없는 복사꽃으로 피어
오래도록 스산한 그늘로 머물고 있다

야경

달빛 무섭도록 환해
단잠 깬 개구리 와글와글 가슴을 볶아 댄다

필시 달놀이 하러 가자는 거다

논둑 훤하게 술렁이는 풀숲으로
사각사각 꿈길 밟고 오는 소리,
그건 달빛이 꽃잎처럼 내리는 거다

머리 풀고 바람 지나가면
풀들 부스스 일어서고

달도 장난을 치는 건지
구름옷에 얼굴 가렸다가 내놓았다가
단잠 깬 개구리의 애간장
까맣게 태운다

청설모

뭔가 저쪽 산길을 쓸고 갔다
이슬이 촉촉이 땅속에 스며 있었다
잘 보면 추억의 그리움 같은 것들
이파리에 번져있고
만개한 선홍빛 꽃망울 핏물처럼 흩어졌다
저 돌아가는 산길 보니 분명 뭔가 있다
제 몸피만 한 나무 뒤에 숨어
이쪽을 살짝 엿보고 있다
머루 알 같은 눈알 반짝 햇살에 물들 때
아, 맞다

저것은 분명 청설모다

낡은 지게 하나 1

낡은 지게 하나
창고 속에서 유폐의 나날 보내야만 했다

아버지 일손 놓은 지 오래
지게는 여전히 주인을 기다린다

날개 같은 바지게 활짝 편 채
그 안에 뭘 담을까 궁리하며
지게는 곤히 낮잠을 자고 있다

봄날이 와서
솔솔 풍기는 들풀 냄새 그리워도
지게는 끝내 일어설 줄 몰랐다

절망처럼 내려앉은 먼지와
숨 막히는 습기 속에서
지게는 지게로서의 품위를 잃지 않았다

세월이 좋아 경운기 쿨럭쿨럭 마을길 달려도
지게는 끝내 박물관 한쪽에
빛나는 유품으로 남고 싶었다

한낮의 인질범

날선 태풍이 불어오자
담쟁이들도 찰싹 담벽에 붙어버렸다

잘 조련된 특공대들이
성난 도끼눈을 이웃 창문으로 던져 올린 저녁,
담쟁이들도 찰싹 담벽에 붙어버렸다

사내들이 꽃줄기 같은 어린 여자의 목에
칼끝을 겨누었을 때
담쟁이들도 찰싹 담벽에 붙어버렸다

한 발, 두 발 죽음의 사선 속으로
특공대들이 성난 사마귀처럼 창문 쪽으로 날아올랐다

꽃줄기 같은 어린 여자의 목이
칼끝에서 해방되었을 때
담벽에 찰싹 달라붙었던 담쟁이들도 하늘거렸다

특공대들이 돌아간 뒤
담벼에는 애타게 손가락을 긁어 올린
담쟁이들의 붉은 핏줄기가 선명하게 맺혀있었다

안화리 가는 길

봄비 속을 간다
봄비에 젖어 만개한 들꽃들,
그 뽀얀 꽃잎이 내 짝꿍의 얼굴을 닮았다
담장을 따라 길게 늘어선
들꽃들의 함성이 귓속에 쟁쟁하다
들꽃을 꺾으려고
설익은 불알 내놓고 들고뛰던 아이들,
풋풋한 웃음이 허공에 진다
들꽃의 향기보다 도회의 내음에
더 길들여진 일상을 털고
나는 가벼이 들꽃 숲으로 간다
박하 향처럼 지독한 꽃향기로 얼굴을 쓸며
구름 한 점 없는 새파란 하늘을 본다

자벌레 한 놈

재벌들이 사놓은 땅, 참 넓기도 하다
자벌레 한 놈 꾸역꾸역 넓이를 잰다
온몸 구부리고 쭉쭉 펴며
물결처럼 출렁출렁 거리를 잰다
가슴이 닳도록 둘레를 재도
끝없는 저 들판
들꽃 한 무리 싸락눈으로 곱게 피어서 지고
산 같은 세월 굽이굽이 흘러도
끝없는 땅 맘 좋게 묵히기만 한다
언젠가는 쌓아올릴 러브호텔
벌거벗은 가슴들이 붉은 등불 아래 신음할 때
가난한 사람들 마음이야 오죽하겠나
차라리 못쓰는 땅으로 묵혀두게나
하늘보고 치솟은 풀들 분한 마음 달랠 때
둥지 없는 산새들 날아와 노래 부르면
답답해진 가슴 속 확 뚫리지나 않겠나

회양목 전지

회양목 언저리 잘디잔 잎들을 짧게 깎는다
상고머리처럼 시원해진 잎들이
뭉클뭉클 상큼한 향기를 쏟아낸다
그 향기 베란다를 타고 올라
조경사 유씨의 작업복에 달라붙는다
작업복에 금방 파란 물이 든다
쉬고 있는 유씨의 까칠한 손가락 사이로
담배 한 개피 솔솔
파란 연기를 밀어 올린다
상큼한 향기와 파란 연기가 뒤섞이는 한낮,
주삿바늘처럼 따끔한 햇살이
회양목 언저리에 뿌옇게 달라붙는다

파를 썰면서

파를 썰면서 눈물을 찔끔거린다
속이 텅 빈 파 속에서
고추보다 더 매운 냄새가 쏟아져 나온다
살아서 살집을 불리는 일보다
욕심을 비우는 일에 일생을 바쳤으니
저 고단한 파의 일생도 쓰리고 매웠으리
된장국을 끓이던 불꽃이
넘실넘실 혀를 내민다
송송 썬 파를 얼른 국 속에 넣는다
눈물나게 쓰리고 매운 파가
된장국 속에서 순한 국물 맛을 낸다
저렇게 쓰리고 매운 파도
제가 세상에서 할 일이 무엇인지를 안다

등꽃 1

툭툭 불거진 근육질로 받침목을 타는 등나무가 있다
생살이 찢어지는 고통으로 비명을 지를 때면
등나무에 걸린 햇살이 등 푸른 연어처럼 툭툭 튄다
그러다가 끝내는 절명한 듯
억센 줄기 축축 늘어뜨리고
그 고통의 절정으로 보랏빛 꽃들을 망울망울 피운다
문득 서늘한 구름 한 장 내려와 등나무를 이불처럼 덮어
준다
정말로 알 수 없는 건
고통의 절정 끝에 피어오른 저 등꽃들의 마음이다
몸살로 피어오른 안개꽃도
온몸 비틀고 올라간 등나무를 꾸역꾸역 따라 오른다

찔레꽃

소나기 후두둑 밭둑을 긋고 지나간다
희디흰 찔레꽃이 피었다
한겨울 삼동 얼마나 추웠을까
꽃살결 눈부신 백랍빛이다
그 밭둑 지나가는 스님의 얼굴도 백랍빛이다
저 희디흰 것들,
스님은 잠시 찔레꽃 옆에 섰다
찔레꽃 아직 향기를 품지 않았다

장독

아득한 세월을 뒤돌아보며
손가락을 꼽던 일이 있었다

오십 해의 묵은 세월을 뚫고
잡풀들 성성이 고개를 쳐들 때도
장독은 거저 앳된 살결을 보여주었다

폭우가 쏟아지는 공포의 나날에도
장독의 맑고 고운 살결이 부러웠다

장독은 조금씩 실금이 가기 시작했다

도둑처럼 장독 뚜껑을 여는
어머니의 간절한 소망에도
장독은 실뿌리처럼 갈라지고 있었다

폭우에도 꿈쩍 않던 장독이

세월의 무게를 견딜 수 없어
세월의 무게만큼 쫙쫙 갈라지고 있었다

식물처럼 누워있는 사내

병실의 창가에 놓아둔 화분에 꽃망울이 터진다
툭, 툭 꽃망울 터질 때마다
사내의 가슴에도 번쩍번쩍 섬광이 일어난다
식물처럼 누워있는 사내
산송장처럼 오랜 세월을 견디더니
마비된 신경을 타고 전류가 흐르듯
밤마다 일어서는 꿈을 꾼다
무엇엔가 놀라 일어서는 꿈을 꾸다
저도 모르게 번쩍, 번쩍
가슴에는 몇만 볼트의 전류가 흐르고
꽃망울도 놀라 줄줄이 터진다
병실의 세균만 먹고도
어여쁜 꽃을 피우는
저기, 저 식물처럼 누워있는 사내

겨울 달빛

겨울의 달도 꽁꽁 얼어 쨍하니 금 한 줄 가 있다
어질어질 내리는 달빛, 그 한 올마다 슬픔이 묻어있다
배고픈 농병아리, 말끔하게 부리 닦고 달빛을 쫀다
미끌미끌 도망치는 달빛, 고 예쁜 발로 조르르 좇아가더
니
힐끔 하늘을 본다

물 한 번 먹고 달 한 번 보고

제3부

혈족들

개똥벌레, 개똥지빠귀, 쇠똥구리, 애기똥풀은

서로서로 똥 자 돌림인 혈족들이다

한 곳에서 태어나 흩어지기까지 그들은 지루한 생의 긴

긴 방황을 했다

언뜻 봐도 눈빛으로 알았다

이름만 불러도 똑같은 냄새가 났다

핏줄이 같고 흙과 바람을 맞대고 살았기에 더욱 정이 갔

다

개똥벌레가 반짝이는 밤엔 개똥지빠귀가 울었고

개똥지빠귀가 싼 똥으로 쇠똥구리는 어기영차 똥을 굴

리며 일을 했다

그 똥내에 젖어 애기똥풀은 똥 빛 같은 꽃망울을 함초롬

히 피워 물었다

그래서 그들이 섞여 사는 산 속에는

늘 살 냄새 같은 풀빛 향기가 지천으로 솟아 올랐다

숲의 율법

칡넝쿨이 무한정 줄기를 뻗는 것은 제 갈 길을 찾아 나
서는 거겠지요
사방으로 흩어진 줄기 따라 연한 보라색 꽃술을 달고 붕
붕 벌들을 불러모으고 싶었겠지요
심심산골 뒤덮는 칡넝쿨의 막강한 힘을 막아낼 도리가
없습니다
꽃술은 연하고 순해도 줄기는 황소의 목줄마냥 투박하
고 질깁니다
칡넝쿨처럼 삶을 살지 마십시오
힘없는 아랫것 타고 올라 숨통을 조이고
허리를 친친 옭아매는 수법은 숲의 율법에서도 위반입
니다
그냥 꽃술처럼 연하고 부드러운 마음으로 사십시오
온산을 뒤덮는 숲의 제왕이 되어도
늘어진 꽃술마냥 꽃나무와 풀꽃에게 겸손하십시오
그래야 숲에서도 제 목숨 길게 늘어뜨리고 천년만년 세
상을 살아 갈 겁니다

순교

옻나무에 살며시 귀 기울이면
인간은 흡혈귀라고 숨넘어갈 듯 욕을 한다

두터운 살결에 칼집을 내고
투명호스를 박아 쪽쪽 체액을 빨아내는 인간들,

빈 통에 체액이 조금씩 찰 때마다
나무는 질식할 듯 현기증을 일으킨다

노란 잎새를 잔뜩 매달고 있는 허공이
황달처럼 노랗다

골고다 산정으로 묵묵히 십자가를 지고 가는 예수처럼
고통에 겨워도 지그시 눈을 감고
하늘을 우러러는 옻나무의 주변이 죽음처럼 거룩하다

된장

뒤란 풀섶 버려진 장독에 빗물 반쯤 고여 있다
여치가 울 때마다 고인 빗물 파르르 물살이 진다
장독 속을 한 바퀴 휘젓고 나온 듯한 울림이
별빛과 뒤섞여 가슴 절절히 후벼대는 밤,
푹 익은 된장처럼 저 하늘의 별빛도 온통 된장 빛이다

장독 속 빗물을 가만히 들여다보면
복사꽃처럼 환히 웃는 어머니의 얼굴,
푹 익은 된장 맛내기 위해
아픈 손끝 모아쥐고 밤낮으로 기도했을 어머니,
그 기도소리 은은히 장독 속에 파고들면
애타게 처다보던 여치도 갈갈갈
칼날 같은 풀잎 사정없이 흔들었으리

그렇게 축복받은 된장 어디로 갔을까
그 사연 아는 이 아무도 없고
먼저 세상 뜬 어머니

여치 우는 소리로 그 사연 들려주는 듯

뒤란 풀섶 버려진 장독만 보면 시큰하게 눈물 핑 돈다

유언하는 새

가을볕을 쬐며 팔딱팔딱 숨 넘어가는
어미 새의 울음소리 들린다
불안한 가슴을 에워싼 깃털이 애처롭다
유언을 하려나
금방 알 깨고 나온 빨간 핏덩이
오물오물 엄마 품으로 기어든다
끝없는 보리밭보다
더 넓은 푸른 창공이 안전하지만
그래도 인간의 손끝은 조심해야지
새는 힘없는 눈으로
제 가슴에 깊이 박힌 총탄 자국을 힐끗 본다

송홧가루 날리는 밤

송홧가루 날리는 유월의 밤
쌀뜨물처럼 가득한 별들, 그 빛이
내려주는 산길로 달구지는 간다
쌀 가득 싣고, 가마니 둑처럼 쌓아올려
그 위에서 태아처럼 잠자는 아이,
삐걱삐걱 산길을 오를 때도
요행이 떨어지지 않는다
아버지는 이랴 워워
소의 궁둥이를 신나게 때리고
그 숨가쁜 호흡에 송홧가루 더 짙게 날리면
더욱 밤 깊어 어딘지 모를 산길,
부스스 잠깬 아이 "아부지, 하늘이 와 이리 하얗노"
"쌀뜨물 끼서 그런 기다"
삐걱이는 달구지의 소음에
말소리는 도란도란 들리고
달은 더욱 기울어 산마루에 걸리는데
여전히 쌀뜨물 낀 하늘

철거

헐벗은 자들의 한숨이
부실 아파트의 운명을 재촉한다

아파트를 떠받친 저 실한 뼈대
콘크리트의 차진 살결도
한숨 앞에서는 어쩔 수 없었으리

온 살결 덧낸 상처들,
눈앞을 어지럽히는 저 균열들은
거덜난 나라에 대한 원망의 표시인가

내일이면 사라질
부실 아파트의 종말을 위해
도심의 교회는 부질없이 찬송가만 부르는데

왕성하던 저 아파트를 흠모하듯
빌딩 숲에 숨은 달 하나

멀건히 지상만 내려다본다

어머니의 몸

어머니의 몸은 굴곡 많은 삶이다
울퉁불퉁 어깨 뼈가
돌부리처럼 툭툭 허리를 타고 내려
힘 빠진 양다리를 부실하게 지탱한다
자꾸만 어머니의 몸은 공처럼 말린다
뼈에는 숭숭 구멍이 뚫리고
그 구멍 속으로 찬바람 들면 뼈마디 시리다고 앙탈이다
여든일곱의 긴 세월을 가냘픈 몸으로 막아내더니
천천히 일어서면 허리 굽어지고
앉으면 공처럼 말리는 어머니의 몸
단물을 모두 자식에게 빼앗기고
마당 가 한 귀퉁이를 돌 지난 아기처럼 조심스레 걷는다
간신히 피어난 삐삐꽃 한 송이
눈곱 같은 꽃망을 매달고 조심스레 하늘거린다

낡은 지게 하나 2

처마 밑 웅크린 지게 위에서
아버지의 생애를 보았다

작은 산 하나를 거뜬히 짊어지듯
나뭇단 한 짐 지게 위에 얹혀 있었다

이미 말라죽은 진달래,
반쯤 꺾어진 채
노랑나비 몇 마리 불러모으고 있었다

잠옷 같은 날개 파르르 떨며
지글지글 일어서는 아지랑이

가깝고도 먼 황혼에 불붙어
흘러간 옛날의 풍경을 만들고 있었다

눈물 빛 진달래

햇살 차올라 희뿌연 한 아침
산기슭엔 온통 진달래 지천이다
바위 벼랑 끝에 몇 묶음,
굴참나무 아래 몇 묶음,
개구쟁이 아이가 던져놓은 진달래
핏기를 머금은 채 웃고 있었다
일순간 온 세상 서늘해졌다
때맞춰 구름이 난파선처럼 모였다 사라지고
그 구름 가는 길 따라
장끼 몇 놈 꺼어엉 꺼어엉 산자락을 울렸다
이 슬픈 가락에 진달래는 꽃망울을 열었을까
투명 속살에 밴 눈물처럼
긴긴 밤 산고를 어찌 견뎠을까
하산길에 찍어둔 진달래 몇 묶음
집에 가져가기로 한다
몰래 피어난 진달래들이
오늘따라 눈물 빛처럼 참 곱다

녹슨 호미

텃밭 한 귀퉁이 꼼지락거리는 나무와 풀들
한 사발 쏟아지는 햇살들,
모두가 한 가족이다
서로 부둥켜 안고 살아야 꽃망울 주르르 핀다
평생 살다 가신 백발 어머니처럼
물동이 이고 새암가 물 길러 가듯
무럭무럭 온기 올라오는 텃밭을 갈아야겠다
눈비 맞은 녹슨 호미 날 잘 들까

등꽃 2

향기로운 꽃을 피울 때가 아니다
연약한 나무들 휘감고 올라
끝내는 목 졸라 죽이면서도
제 홀로 향기에 취해 꽃을 피운다
꽃의 향기는 죽음의 단맛에 취한 것이리라
졸음에 겹던 나비
등꽃 향기에 사르르 잠이 든다
낮빛이 파래진 하늘이
등나무 잎새 속으로 햇빛 따끔따끔 찔러넣을 때
인연처럼 엉겨있던 꽃망울들
등나무를 한 짐 어둠처럼 내리누른다
그 바람에 등꽃 향기 더 진해진다
실오라기 걸친 햇빛 한 줌
등나무를 휘감고 오를 때마다
포도당 주사를 맞은 듯
보라색 꽃망울들 축축 늘어진다

노오란 호박등

기린처럼 목 길게 뺀 외등에 불이 켜졌다
한동안 감감하더니 갑자기 노오란 꽃을 피웠다
대문 밖 골목이 환하다
누가 켰을까
여전히 스위치는 먹통인데
손끝 닿지 않는 외등에 누가 노란 불을 켰을까
꿈인 듯 생시인 듯
호박넝쿨 한 자락 외등의 받침대 위에 넌출거렸다
넌출거릴 때마다 외등은 크게 흔들렸다
저 무거운 것, 둥글고 노란 것이 호박꽃을 닮았다

콩새들이 부르는 겨울 노래

바싹 야위어 가는 수숫대 타고 올라
허공에 하늘하늘 알전구를 켠다

눈곱만치 작은 알전구 색색의 빛깔로 알알이 불을 밝혀
수수밭 잡풀 투성이 밭고랑을 환하게 비춘다

이제 해는 저물어 초가을 문턱에 들어섰지만
잡풀들 아직도 꿈처럼 아늑한 영면에 들지 못한다

불켜진 꽃등, 스스로 꺼지는 날
밭고랑엔 흰 눈 가득 쌓이겠네

콩새들 제 발자국 콩콩콩 찍으며
눈앞에 다가온 겨울을 눈물로 노래하겠네

제4부

꽃뱀에게 1

얇은 허물 옷처럼 벗어놓고 멀리 달아난 꽃뱀이 있다 찔
레꽃 허드러진 산 속 외길로 그리움처럼 달아난 꽃뱀이 있
다 안개가 산언덕으로 올라가고 거기 산그늘 천근처럼 내
려앉으면 서늘, 서늘히 내 가슴을 짓누르는 그림 한폭, 알
록달록한 꽃뱀이 선녀로 변신한 양 아, 거기 몸매 부신 여
인 풍만한 알몸으로 목욕을 하고 있다 사방을 둘러봐도 벗
어놓은 옷 찾을 수 없고 찔레꽃 삭은 가지에 얇은 허물만
하늘하늘 흔들리고 있었다

새떼들의 들녘을 보며 2

갈대꽃 술렁이는 가을이 오면
쭈구렁 가슴으로 새떼들 맞이하던 노파가 있었다

곧 죽을 날을 예감하듯
두 눈 움푹 파인 몰골로 노파는 새떼들을 반겼다

나 죽으면 하늘로 가, 하늘에서 지상까지
무지개다리 하나 걸쳐 놓으라고
노파는 혼잣말로 중얼거렸다

웬일인지 새떼들이 아침부터 부산했다

멀리 떠난 새떼들 다시 날아와 먼 허공을 맴돌았고
추적추적 내리는 가을비 끝자락에 소리없이 깃털을 털
었다

게으른 농부

꿩 한 마리 힘껏 꽁무니 들어
꿔꿩하고 산을 울리면 잠자던 풀들이 눈을 뜹니다
단잠에 빠진 나무들도 눈을 뜨고
달콤한 향기에 취한 꽃들도 눈을 뜹니다
찬송가처럼 거룩한 꿩소리
보리밭 사잇길로 달려와서
낡고 초라한 초가집 안채 뜨락에 적막하게 쌓입니다
낫을 챙기는 농부
까칠한 구레나룻을 쓸며 지게를 짊어집니다
빛바랜 달 하나 지고 산에 오르면
붉게 단장한 산꽃들이 손을 흔듭니다
농부는 아예 꼴을 베지 않습니다
산꽃들을 지게에 꽂고 힘들여 올랐던 산길 다시 내려갑
니다
지게 주위에 꽃향기 선연합니다
농부의 걸걸한 웃음에 산꽃들도 덩실덩실 어깨춤을 춥
니다

농촌 일기

농촌 떠나온 지 아득해도
내 마음은 거기 한 발 걸쳐 있었다

황사 뿌옇게 일어나면
누렁소 앞세워 쟁기질하던 아버지,

살아온 세월만큼 고난의 깊은 고랑길 낼 때
땅 꺼지던 아버지의 한숨소릴 알겠구나

쇠스랑 같은 손으로 쇠비름 뜯고
독새풀 빡빡 긁어모으면
문득 몰아치는 향기, 숨막힐 듯 향긋하여라

삶이 이렇다면 얼마나 좋을까

고랑 따라 햇살 들고
그 햇살 영글어 토실토실 보리알로 여물면

아버지의 얼굴에도 햇살 같은 미소 살짝 번지겠구나

농촌을 떠나온 지 아득해도
꿈결 무늬마다 스치는 꽃잎들의 아우성,

그 아우성 문득 허기져 우는
내 식솔의 울음소리로 들릴 때

아, 농촌은 언제쯤
버려진 밭뙈기에 햇살 가득 비칠까

홍시를 위해서

멀리서 보면 홍시는 한 점 불빛이었다
깊어가는 밤을 넘기고
홀로 새벽을 맞는 감나무들 물안개로 축축하다
가로등은 이미 꺼진 지 오래되었고
쨍하고 터진 새벽 햇살에도 홍시는 떨어질 줄 몰랐다
자세히 보니 애틋한 그리움이었다
누구를 기다리는지 흠집 없는 살결로 흔들거렸다
그때 홍시를 위해 감나무는 스스럼없이 옷을 벗으며
땅위에 포근히 낙엽을 깔았다
까치 등쌀에 홍시가 떨어지면
상처 없이 온전히 받기 위해서다
그래서일까 홍시 더 빛나 보였다
어두운 새벽 홀로 밝히는 불빛처럼
가을 깊어가도 꺼질 줄 몰랐다
할머니 뱃살 같은 주름살로 말라가고 있었다
매일 울던 까치는 간 곳 없고
대신 축축한 물안개만 차올라

세월에 더럽혀진 홍시의 살결을 씻겨주고 있었다

토란잎에 머문 물방울

토란잎을 구르는 물방울이 어지럽다
여기서는 제 몸도 주체할 수 없는 무중력지대,
물방울 구술처럼 또르르 몸을 감는다
말린 몸이 토란잎을 재빠르게 오르내린다
수렁보다 더 깊은 바닥으로 떨어지면
드넓은 바다에서 펼칠 꿈 산산조각이 난다
토란잎에 머문 물방울의 생 그래서 더욱 빛난다
더는 멀리 가지 못하고 손바닥만 한 세상에 갇혀
공글공글 화음처럼 뛰노는 물방울들,
햇살이 토란잎을 말릴 때까지
물방울은 영롱한 구슬처럼
불안한 세월을 반짝이며 살다 간다

극락전을 오르며

내 마음속보다
더 구불구불한 산길로 들어가면
거기 꽃 한 움큼 두른 암자가 있다

파르라니 깎은 동자승의 머리보다
더 새파란 겨울 잎새가
싸락눈 맞으며 오돌오돌 떨고 있다

하느작하느작 산길 올라온 사람들
눈을 털며 암자 속으로 들고 있다

서서히 산 속으로 내려앉은 어둠이
새파란 겨울 잎새처럼 지고 있다

툇마루 풍경

양지쪽 툇마루 위
얇은 껍질을 벗고 붉게 드러누운 감들을 본다

떫은 몸에서 달콤한 맛으로 변할 때까지
감들은 무슨 생각을 했을까

별들이 와르르 툇마루로 쏟아질 무렵
별빛 속에 서린 향기 제 몸에 집어넣고
달콤한 꿈을 꾸며 기나긴 세월 보냈을까

몇 바퀴씩 껍질을 도르르 깎아내린
아버지의 처연한 손가락에도 붉은 감물이 들고
얇은 껍질이 마르고 말라 비뚤어질 때쯤
감들은 쫀득쫀득 분가루 묻어나는 곶감이 된다

별빛이 흐린 날이거나
바람이 몰아치는 날이거나

햇살 뜨겁던 양지쪽 툇마루에는
초겨울로 접어드는 바람이
제 집인 듯 웅웅 몸서리를 친다

한겨울 눈꽃 무게

한겨울엔 나목들 밑동이 더 두터워진다
껍질 위에 껍질, 탑처럼 포개고
겨울비 톡톡, 윙윙 부딪히는 싸락눈을 막는다
그 껍질 까면 앙증맞게 몸 낮춘 벌레들,
화들짝 놀라 쪼르르 내려온다
지금 바깥엔 얼어터진 눈꽃들이 성성한 한낮이다
그 바람에 벌거벗은 나목들 우지끈 꺾어졌다
한철 눈꽃을 떠받치던 힘센 자존도 무너졌다
가벼운 눈꽃도 한 겨울엔 무게가 된다는 것을
밑동 굵은 소나무 오늘 정정이 알려주었다

뻘밭에 와서

뻘밭으로 갔다
물살이 판판하게 손질한
뻘밭 위에
갯지렁이 꼬불꼬불 온몸으로 글씨를 쓰고 있다
혼신을 다해 뻘밭 기는 저 힘을 보아라
생명력 꿈틀 약동하는 저 글씨를 보아라
서걱이는 갈대의 붓끝도 흉내 내지 못할
저 글씨,
갯지렁이는 지금 새로운 글씨를 만들고 있는 중이다

달빛에 젖은 개구리 알 2

개구리들이 밤을 갉아먹듯 쓰리고 아프게 운다
죽음의 문턱 같은 논두렁 넘어 그 소리 애잔하게 들려온
다
벼포기 흔들던 달빛 무논 속에서 잠들고
광란의 연주를 위해 개구리들 떼지어 모여든다
절묘한 박자로 이어지는 오케스트라,
한 놈의 이탈자도 없이 그 소리 고르게 들려오고
달빛에 취한 호흡이 척척 맞는다
논에다 돌멩이를 힘껏 던진다
뚝, 주위가 고요하다
가끔씩 벼포기 흔드는 달빛이 수런거렸지만
개구리들은 누군가의 손놀림을 주시하고 있다
적막을 깨고 한 놈의 이탈자가 울음소리를 낸다
그 놈은 박자가 틀렸는지 숨결조차 고르지 못한다

습지에서 1

어둠 속으로 뚫린 길은 빛 한 줌 들지 않았다
다만 칼날처럼 생긴 잎새들이 날 세워 그를 겨누었고
그 칼끝을 피해 달아나는 달의 얼굴에 경련이 일었다
반쯤 잘려나간 달의 뒤꼭지가 검은 구름장에 숨는 순간
그를 겨누었던 칼날의 잎새들도 모습을 감추었다
습지를 뚫고 올라오는 훈훈한 훈기 속으로
개구리의 슬픈 울음들이 뒤섞였고
칼끝을 세우고 있던 잎새들이 그 소리에 뒤섞여
이따금 칼날 가는 소리를 내었다

습지에서 2

그곳에는 인적이 없었다
이상한 풀들이 얇게 실뿌리를 내리고
실뱀처럼 엉겨있었다
세상의 온갖 추잡한 싸움이 그곳에서 더욱 불붙었다
이상한 풀들은 딱딱한 꽃씨를 날려
다시 그곳을 제 영역으로 만들었다
늦은 가을 날 꽁무니에 푸른 등을 켜고
물컹한 습지를 뚫고 올라오는 반딧불은
그곳의 감시자였다

나비천사

이승 뜰 날 미리 예감하고
몇 날 며칠 관 하나 짰으니
쇠약해진 애벌레의 몸이 어느새 딱딱하게 굳어버렸다

제 몸 눕히면 숨조차 쉴 수 없는 자리
오뉴월 꽃향기의 유혹을 물리치고 하얀거에 드셨으니
손꼽아 부활의 날만 기다린다

햇살 쨍쨍 퍼붓는 날
관뚜껑 열리고 문득 천사되어 훨훨 나타났으니

오, 거룩하여라

그가 딛는 자리마다 숨막히는 향기,
이승은 매일 부활의 축제뿐,

콩나물

아침저녁 보자기를 벗길 때마다
어머니는 가장 순결한 마음이 된다
어둠을 뚫고 얼굴을 쏙 내밀면
우굴우굴 터지는 웃음들,
콩나물은 잠깐 해방된 기쁨을 맛본다
금빛 같은 얼굴과 누런 다리에
살짝 실뿌리를 매달고선
완전히 해방될 날만을 손꼽아 기다린다
그러나 아직은 어둠이라
아무도 콩나물의 앞날을 장담하지 못한다
오직 아픈 마음으로 기도하는 수밖에 없어
두 손 모아진 어머니의 손끝이 파르르 떨린다
한낮에는 호미를 쥔 손이 부르터서
따끈한 구들장에 지지고도 싶지만
우글거리는 콩나물의 웃음소리 정겨워
한시라도 한 눈 팔지 못한다
미사보를 쓴 어머니,

환하게 촛불 밝혀 두 손 모아 쥔 것은
까만 눈 반짝이는 저 어린놈들,
황달기 퍼져 온몸 누렇게 뜬 아이들,
그 아이들이 어둠에서 벗어나길 기도하는 것이다
잠깐이라도 목을 축이게
밤새도록 덮어씌운 보자기
아침저녁으로 잠깐씩 열어준다
환한 햇빛을 보게 하려는 것이다

생존의 괴로움, 노동의 육체성

김양헌 (문학평론가)

　　오월 하늘에 먹구름 몰리고 번개가 친다. 오월은 계절의 여왕이라지만, 자연은 단순하지 않다. 봄날 막바지에 봄맞이꽃이며 조개나물, 꽃마리와 벼룩이자리는 맨몸으로 소낙비에 젖는다. 아직 수분을 못한 덜꿩나무와 이스라지 꽃들은 안간힘으로 우레를 견딘다. 목숨 붙은 것들은 인간이든 식물이든 다 고통의 바다를 거쳐 삶의 끝에 이른다. 어떤 존재도 사고팔고(四苦八苦)의 업에서 벗어날 수 없다. "오직 인간들만 삶에 부쳐 밤 지" 새는 게 아니라, "담비들도 이승의 험한 삶을 설계"(「어둠은 왜 오는가」)해야 하고, 민들레는 "머리통이 박살나도록 담장을 치고 받으며"(「하소연」) 막막한 세월을 건너야 한다.

　　물론, 따스한 햇살에 몸을 말리며 벌나비 날갯짓에 나른한 마음 기댈 때도 있다. 꽃 피고 꽃 지는 시간은 돌고 돈다. 삶은 단순하지 않다. 천둥이 죽음처럼 몰아치다가도,

그윽한 암향이 영혼을 맑게 적시기도 한다. "소나기 후두
둑 밭둑을 긋고 지나간" 뒤, 찔레꽃은 오히려 "꽃살결 눈
부신 백납빛"으로 환하고, "그 밭둑 지나가는 스님의 얼
굴"(「찔레꽃」) 덩달아 백납빛 향기로 피어오른다. 소나기
와 찔레와 스님이 한데 어우러지는 행복한 시간, 우주의
정감록에 적힌 내밀한 인연, 시인은 이것을 다음과 같이
노래한다.

> 텃밭 한 귀퉁이 꿈지락거리는 나무와 풀들
> 한 사발 쏟아지는 햇살들,
> 모두가 한 가족이다
> 서로 부둥켜안고 살아야 꽃망울 주르르 핀다
> —「녹슨 호미」 부분

　이러한 가이아식 발상은 유진택 시의 밑바탕을 이룬다.
생명은 우주공동체 안에서 의미를 지닌다. 바람과 햇빛,
흙 또한 생명공동체의 일원이다. "개똥벌레, 개똥지빠귀,
쇠똥구리, 애기똥풀은" 생태학상 직접 연관이 없더라도
"똥"자 붙은 이름 하나로 "혈족"의 내음 풍기고, "그들이
섞여 사는 산 속에는/늘 살 냄새 같은 풀빛 향기가 지천으
로 솟아"(「혈족들」)오른다. "생명의 귀한 넋들"(「잊혀진
길」)을 서로 부둥켜안고 살아가는 감미롭고 거대한 가이아
의 왕국에는 "하늘에서 지상까지/무지개다리"(「새떼들의

들녘을 보며 2」)가 놓여 있다. "달은 밤새도록 중천을 맴돌며 사랑의 전파"(「탐지기」)로 세상 모든 존재를 하나로 이어준다. 사랑이 미나리아재비를 꽃피게 하고, 사랑이 반딧불이를 빛나게 하고, 사랑이 개똥티티를 날게 하고, 사랑이 죽음까지 어루만진다.

1990년대 이래 자연을 노래한 작품들, 특히 생태주의를 표방한 시들은 대상의 미세한 국면을 노래하면서도 생명의 신비와 존재의 숭고함을 찾는 데 힘을 기울였다. 생태시의 대상은 오묘하고 불가사의한 힘을 따라 움직이고, 화자/주체는 비밀의 문을 여는 밀사이자 나약한 인간 존재의 표상으로 등장한다. 쇠똥을 오뚝이처럼 뭉쳐야 습기를 오래 잡아둘 수 있다는 사실을 쇠똥구리는 어떻게 알았을까? 나무는 수분의 붉은 시간을 어떻게 예측하고 꽃망울을 내미는 것일까? 이런 비밀을 풀기 위해 "빛보다 더 눈부신 설법/세상을 보는 눈으로는 대체 알아들을 수 없는 그 설법"을 들으러 노루귀를 찾아가는 "새벽 산자락"(「그의 설법」)의 모습이 생태시의 전형이었다. 인간이 믿지 못한 죽살이의 향기, 들으려 하지 않았던 존재의 밀어, 인간의 눈으로 볼 때는 하찮고 엉뚱한 존재 방식, 생태시는 이런 것들을 경이로운 깨달음으로 승화하여 세계를 새롭게 인식하는 길을 열어 주었다.

유진택의 시에도 이런 인식이 깔린 작품들이 많긴 하나, 자연을 보는 각도가 사뭇 다른 작품들도 상당수 있다. 시인은 신비와 경이에만 초점을 맞추지 않는다. 자연에는 의외로 절망과 갈등이 부글거리고 있다. "온갖 추잡한 싸움이 그곳에서 더욱 불붙"(「습지에서 2」)는다. 가이아의 수레바퀴는 냉혹하다. 에너지 보존의 법칙은 삶과 죽음을 하나로 얽어놓는다. 추함과 아름다움은 배를 맞대고 있다. 고요하고 은은한 생명의 노래는 배후로 밀려나고, 시의 전경은 자주 격렬하고 불안한 양태를 드러낸다. "숲은 언 가지 툭툭 분지르며/이빨을 갈고"(「유배지 2」), "몰아치는 바람은/장송곡처럼 외딴 초가집을 한바탕 휘돌다 간다"(「섣달 아침」). 이런 경향은 『아직도 낯선 길가에 서성이다』(문학과지성사, 1996)과 『날다람쥐가 찾는 달빛』(문학과지성사, 1999)에도 나타나지만, 이번 시집에서는 이미지와 리듬의 역동성이 훨씬 더 커졌다.

늙은 농부가 쌓아놓은 오복한 낟가리
그 아래 까마귀들은 서로 머리를 맞대고
크아악 크아악 뭇 생명의 살과 피를 쪼아대고 있었다

며칠 굶은 아귀처럼
눈을 파고 심장을 헤집던 들녘엔
이내 비명처럼 소나기 후둑후둑 몰아치고 있었다
　　　　　　　　　　　―「새떼들의 들녘을 보며 1」 부분

유진택의 수작들은 달콤하지 않다. 오히려 쓰리고 맵다. 처절하고 끔찍할 때도 있다. 화자가 전체를 내려다보는 천상의 자리가 아니라 각 개체가 살아가는 늪이나 들판에 나앉아 있기 때문이다. 가이아의 수레바퀴는 아름답게 굴러도, 생명의 사슬이 언제나 매끈하진 않다. 톱니가 빠지고 녹이 슬고 울퉁불퉁한 경우도 많다. 멀리서 바라보는 들판은 평화롭지만, 물뱀이 지나는 논둑과 찔레가 건너는 산길은 거칠게 마련이다. 개체의 생존은 이 낯설고 황량한 길을 따라 이루어진다. 「녹슨 호미」나 「찔레꽃」, 「혈족들」처럼, 존재의 비의를 직접 드러내는 시도 생존의 어려움을 바닥에 깔고 있다. "쇠똥구리는 어기영차 똥을 굴리는 일을"(「혈족들」) 감수해야 알을 낳을 수 있고, "꽃망울이 맨살을 뚫고 나올 때의 고통"(「환한 꽃의 상처」)을 이겨야만 나무는 열매를 맺는다. "칠월 땡볕이 퍼붓는 날"을 거치고서야 고추는 "씨앗들의 노랫소리"(「칠월 땡볕의 고추」)에 닿을 수가 있다. 세상 모든 생명은 단지 존재하기 때문에 고귀한 게 아니라, 고통스런 생존의 길을 끊임없이 이어가기 때문에 위대하다.

게다가 자연은, 청노루귀 암향이나 때죽나무 종소리처럼 아름답지만 않다. 시체의 "눈을 파고 심장을 헤집"는 까마귀도 엄연한 자연의 일부다. 생태시는 보통 "크아악 크아악" 울어대는 까마귀의 비명조차 가이아의 범주로 끌어들여 가치를 부여한다. 개체의 죽음은 우주의 다른 부분으로 환원되는 게 마땅하기 때문이다. 유진택 시인도 이것을 모를 리 없을 터. 그러나, 시인은 까마귀의 식탁을 "며칠 굶은 아귀"들이 먹이를 다투는 지옥도로 그린다. 그 끔찍함 때문에 "늙은 농부가 쌓아놓은 오복한 낟가리" 또한 후둑후둑 핏물을 흘릴 듯이 위태롭다. 유진택 시인에게 중요한 제재는 존재의 아름다움이 아니라 실존의 괴로움이다. 아귀처럼 먹어야 하는 괴로움, 다른 존재를 먹지 않으면 살아갈 수 없는 실존의 아이러니, 어떤 상황이든 삶을 먼저 선택하도록 만들어진 '생존 기계'(리처드 도킨스, 『이기적 유전자』)의 욕망. 시는 우아미의 범주 밖으로 달아난다.

살기 위해서는 먹어야 하고, 먹기 위해서는 일을 해야 한다. 종에 따라 형태는 다르지만 노동은 생존의 필수조건. 생명 있는 것들은 먹이 구하기와 유전자 퍼뜨리기에 거의 모든 에너지를 투자한다. 삶 전체가 노동이나 다름없는 셈이다. 1990년대 생태시는 흔히 이 생존의 고통, 노동의 육체성을 간과하곤 하였다. "눈물나게 쓰리고 매운 파가/된장국 속에서 순한 국물 맛을 낸다"는 향긋한 결과에다 초점을 맞추기 일쑤였다. "고단한 파의 일생"에 눈길을 주는 경우는 드물었다. "살아서 살집을 불리는 일보다/욕심을 비우는 일에 일생을 바쳤"(「파를 썰면서」)던 파의 괴로움은 된장 국물에 잠겨 보이지 않았다. 유진택 시인은 도시인의 곁눈질이 아니라 시골살이의 체험을 통해 노동이 품고 있는 이 맵고 쓰린 의미를 되살려낸다.

> 마당에 깔린 콩들이
> 따가운 햇살에 묶여 자글자글 익어갔다
> 물기 촉촉한 껍질들, 이내 마르고
> 가끔씩 팅팅 뱃살 튕기는 소리를 냈다
> 고추잠자리 놀라 허공으로 흩어지고
> 온 하늘 폭죽놀이 하듯 빙빙 돌았다
> 아버지는 도리깨로 퍽퍽 콩을 털었다
> 여름 한철 햇살에 들볶이고
> 잡풀에 치였던 분통이 터지듯
> 콩들은 탁탁 뱃가죽을 터뜨렸다
> 마당 전체가 튀어오른 콩들로 가득했다
> 그 틈에 햇살도 손을 내밀어
> 내장이 터진 콩깍지들을 부드럽게 어루만졌다
> ─「콩들의 분노」전문

타작마당을 제재로 한 이 작품은 수확의 기쁨을 신명나게 그리고 있다. 그럼에도 제목에 "분노"가 들어가 있다. 콩깍지는 "분통이 터지듯" 갈라진다. 신명의 이면에는 "햇살에 들볶이고/잡풀에 치였던", 그야말로 분통 터지는 힘든 삶이 있었기 때문이다. 문맥상 분통 터지는 주체는 콩이지만, 콩이 익기까지 과정을 생각해보면 정말 분통 터지는 존재는 농부다. "쇠스랑 같은 손으로 쇠비름 뜯고/독새풀 빡빡 긁어모"(「농촌 일기」)은 노동의 주체는 농부가 틀림없다. 이 작품의 제목을 부제로 삼아 『날다람쥐가 찾는 달빛』에 실은 「땡볕 속의 돌격대들」을 보면, "콩깍지 속에는/이 땅의 가슴앓이 같은 담석들이 몇 개씩 들어 있다"는 구절이 나온다. 이 "담석"이야말로 분통 터지는 농민들의 울분 덩어리가 아니고 무엇이랴.

겉보기엔 타작마당에 신명이 넘쳐나지만, 농부의 가슴이나 콩의 운명은 그다지 밝지 않다. 검은 담석처럼 어두운 그림자가 드리워 있다. 유전자를 조작한 미국 콩이 시장을 몽땅 점령한 판에 타작을 한들 무슨 소용이 있겠는가. 여름 땡볕의 노동은 생존을 떠받쳐주지 못한다. 노동이 합당한 가치를 얻지 못하고 콩도 농민도 애물단지로 전락하고 말았으니, 어찌 온 마당이 분통으로 튀어오르지 않겠는가. 제목은 '콩들의 분노'로도 모자랄 지경이다. 그나마 이런 노동조차 이제 서서히 사라지고 있다. 아버지의 "한쪽 무릎을 대신한 지겟작대기"(「오리나무 지겟작대기」)는 박물관으로 가고, "버려진 밭뙈기"(「농촌 일기」)에는 "녹슨 호미"(「녹슨 호미」)만 을씨년스럽다. 노동이 진정한 의미를 잃어버린 쓸쓸한 자본의 시대, 시인은 그 스산한 기운을 시편 곳곳에 새겨넣는다.

생존을 위한 노동은 「습지에서 2」처럼 주변 생명들과 경쟁을 유발하기 마련인데, 어느 한 개체나 종이 다른 존재들을 압도할 때, 다른 개체의 삶을 심각하게 왜곡할 때, 노동은 가치를 잃을 확률이 높다. 한두 작물만 집중 재배하는 근대 농법이 과잉 생산을 유발하여 제3세계를 가난의 수렁으로 몰아넣은 사실을 우리는 잘 알고 있다. 앞서 언급한 콩의 분통도 이런 어긋난 세계사의 맥락 위에 있다. 「분재 앞에서」는 철사에 칭칭 감겨 "힘줄이 터지는 고통"을 겪으면서도 "뒤틀린 가지를 따라/희망처럼 부푼 꽃망울"을 피우는 수난받는 존재의 왜곡된 삶을 그리고 있다. 결말을 보면 고난을 이겨내고 희망의 꽃을 피우는 듯하지만, 삶의 자유를 빼앗긴 나무의 몰골은 처참하기 그지없다. 과잉 생산이나 노동의 불균형은 자연 상태에서도 흔히 볼 수 있다. 황소개구리나 서양민들레 같은 외래종이 엄청나게 불어나면서 균형이 무너지기도 한다. 특히 과도한 개발이 초래한 토질과 기후의 변화는 생태계에 급격한 충격을 주어 균형을 깨뜨린다. 한 종의 번성은 다른 종의 멸절을 의미한다.

　심심산골 뒤덮는 칡넝쿨의 막강한 힘을 막아낼 도리가 없습니다.
　꽃술은 연하고 순해도 줄기는 황소의 목줄마냥 투박하고 질깁니다.
　칡넝쿨처럼 삶을 살지 마십시오.
　힘없는 아랫것 타고 올라 숨통을 조이고

허리를 친친 옭아매는 수법은 숲의 율법에서도 위반입니다.

―「숲의 율법」부분

칡의 막강한 힘은 어느 산에서나 볼 수 있다. 넓은 잎과 질긴 덩굴은 다른 개체들의 생존을 손쉽게 막아버린다. 칡이 세력을 얻으면 몇 년 안에 큰 나무들까지 뒤덮어 산 전체를 망가뜨린다. 한 종이 절대 우위를 차지하는 쏠림 현상은 생태계에 심각한 타격을 준다. 칡밖에 남는 게 없다면, 결국 칡도 살아남을 수 없기 때문이다. 종의 불균형은 생태계 전체의 생존을 불가능하게 만든다.

그런데, 자세히 뜯어보면 유진택 시인이 염려하는 바는 칡이 점령한 생태계의 위기가 아닌 듯하다. "힘없는 아랫것 타고 올라 숨통을 조이고/허리를 친친 옭아매는 수법"은 인간의 행태와 너무나 닮았다. 칡 대신 자본을 대입해보라. "숲의 율법"은 우주의 내밀한 법칙이 아니라 인간의 눈으로 매긴 양심의 소리다. 사실, 칡에게 무슨 죄가 있겠는가. 칡은 다만 상황에 가장 적절히 적응하며 생존 확률을 높이는 방향으로 조금씩 진화할 뿐이다. 한 가족처럼 부둥켜안고 사는 행복한 자연은 그다지 많지 않다. 겉보기엔 손을 맞잡은 듯 보여도 그것은 이기적 유전자가 지시하는 생존 전략일 뿐, 모든 개체들은 살아가기 위해 끝없는 암투를 벌인다. 공생의 행복도 다른 존재들에겐 불행일 수 있다. 콩과 인간의 공생은 쇠비름과 독새풀에겐 심각한 위협이다. 벼는 인간을 이용하여 피를 몰아내고 DNA를 보전한다.

자연 자체에는 선악이 존재하지 않는다. 콩과 독새풀, 토끼와 호랑이는 태초의 유전자 바다에서 생겨난 자기복제자의 다른 형태일 뿐이니, 개체나 종의 윤리가 따로 있을 리 없다. 콩은 독새풀에게 미안해 하지 않는다. 양심 때문에 굶어죽은 호랑이는 없다. 먹이사슬의 아이러니는 윤리 바깥에서 시인을 괴롭힌다. 쇠비름을 뽑는 인간과 콩의 죄를 어찌할 것인가? 죄없는 쇠비름은 뿌리뽑힌 채 한 나절 동안에 꽃 피우고 씨앗 맺는 고통을 겪어야 한다. 생명의 윤리는 죽살이 너머 어딘가 있는지도 모른다. 왜 우리는, 모든 생명은, 먹고 먹히는 추잡한 싸움판에서 살아가기의 통고를 견디고 있는가? 내가 아니면 다른 무언가가 있었을, 이곳, 이 시간에.

툭툭 불거진 근육질로 받침목을 타는 등나무가 있다
생살이 찢어지는 고통으로 비명을 지를 때면
등나무에 걸린 햇살이 등 푸른 연어처럼 툭툭 튄다
그러다가 끝내는 절명한 듯
억센 줄기 축축 늘어뜨리고
그 고통의 절정으로 보랏빛 꽃들을 망울망울 피운다
문득 서늘한 구름 한 장 내려와 등나무를 이불처럼 덮어준

다

    정말로 알 수 없는 건

    고통의 절정 끝에 피어오른 저 등꽃들의 마음이다

    몸살로 피어오른 안개꽃도

    온몸 비틀고 올라간 등나무를 꾸역꾸역 따라 오른다

                            —「등꽃 1」 전문

    시인은 다시 "고통의 절정"에 핀 "보라색 꽃"의 경이로 돌아온다. 그러나 이 경이에는 이미 인간의 마음이 묻어 있다. "생살이 찢어지는 고통"은 등나무의 삶일 뿐 아니라 시인/화자의 내면과 겹쳐 있다. 「파를 썰면서」, 「농촌 일기」, 「콩들의 분노」, 「팽나무의 입적」, 「순교」, 「분재 앞에서」, 「새들의 메시지」 등에도 시인이 내뱉는 "섬뜩한 세상 욕설이 묻어 있다(「팽나무의 입적」). 「숲의 율법」은 인간의 윤리로 현저히 기울어 시의 울타리를 막 넘어서는 참이다. 자연이 괴로운 원인은 인간에게 있다. 시인은 옻나무의 입을 빌어 "인간은 흡혈귀"(「순교」)처럼 자연을 갉아먹는다고 비난한다. 어긋난 노동, 왜곡된 삶은 인간이 저지른 죄악의 결과다.

    유진택 시인은 이런 강한 윤리의식을 지니고 초윤리 세계인 자연으로 들어간다. 『날다람쥐가 찾는 달빛』에서는 "어둠의 두께 내려 덮이는 세상"(「성냥」), "길마저 끊긴 막막한 땅"(「하소연」)의 양심을 안고 있는 데 비해, 이번 시집에서 시인은 그러한 실존의 정황을 자연이 존재하는 방식에다 옮겨놓는다. 길은 뒤틀리고, 말은 자주 어긋난다. 인간의 말은 자연에 부딪혀 일그러진다. 이것이 때로 이미지의 역동성을 높이기도 하고, 가이아와 민중을 겹쳐두는 바탕이 되기도 한다. "밝고 환한 희망"(「새들의 메시지」)과 생살을 찢는 절망이 교차하고, 인간의 노동과 자연의 생태가 뒤얽히기도 한다. 이 아름답고 괴로운 생존의 현장에서, 시인은 고통의 절정에 핀 보랏빛 꽃 한 송이를 독자의 손에 쥐어준다. 살아가기의 위대함을 보라는 듯이.

시인의 말

뒤돌아보니 아득한 세월이 흘렀다. 시집을 엮은 지 엊그제 같은데 벌써 6년이 지나버렸다. 세월이 화살처럼 빠르다는 말을 실감할 수가 있다. 또 꾸역꾸역 시를 엮는다. 돈도 되지 않는 시를 붙잡고 늘어지려니 여간 고역이 아니다. 어떤 때는 절필하고 싶은 생각이 종종 들 때도 있다. 그러나 어찌하랴. 이것이 나의 운명이라면 목숨 다할 때까지 붙잡고 가야 되지 않을까 싶다. 지층처럼 나이가 쌓일수록 정서는 고갈되고 텅 빈 마음을 붙잡고 시를 짜내려니 육신까지도 지쳐버렸다. 벌써 흰머리가 늘어나 반백이 되었다. 영혼마저 바싹 말라 버렸다. 그러나 이 시집이 다른 이들의 마음을 따스하게 해준다면 그보다 더 반가운 일은 없을 것이다. 시집이 나오기를 학수고대한 가족들에게도 넌지시 시의 향기로 고마움을 전해주고 싶다.

2006년 6월, 대전 산성동에서
유진택

붉고 환한 꽃의 상처

2006년 7월 5일 1판 1쇄 찍음
2006년 7월 10일 1판 1쇄 펴냄

지은이 _ 유진택
펴낸이 _ 양동문
펴낸곳 _ 詩와에세이

등록 _ 제 319-2005-14호
주소 _ (121-842) 서울시 마포구 서교동 476-53 세화회관 404호
대표전화 _ (02)324-7652
팩시밀리 _ (02)324-7653
전자우편 _ sie2005@naver.com
주문전화 _ (02)324-4790, 팩스 (02) 333-6287

ⓒ 유진택, 2006
ISBN 89-956693-5-7 03810